RIS-PAQUOT

TRUCS ET FICELLES

D'ATELIER

POUR

DONNER AUX ÉPREUVES UN CACHET ARTISTIQUE

ET LES RENDRE PROPRES A L'ILLUSTRATION

PARIS

CHARLES MENDEL, Éditeur

118 et 118 *bis*, rue d'Assas

TRUCS ET FICELLES

D'ATELIER

RIS-PAQUOT

TRUCS ET FICELLES

D'ATELIER

POUR

DONNER AUX ÉPREUVES UN CACHET ARTISTIQUE

ET LES RENDRE PROPRES A L'ILLUSTRATION

PARIS

CHARLES MENDEL, ÉDITEUR

118 et 118 *bis*, rue d'Assas

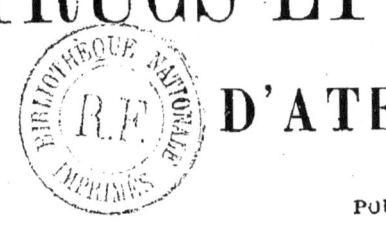

PHOTO-REVUE

—

REVUE HEBDOMADAIRE
de
PHOTOGRAPHIE

—

Huit francs par an
118, rue d'Assas,
PARIS

Au Lecteur,

Le petit Manuel que nous avons l'honneur de soumettre à votre appréciation n'est pas une fantaisie; il répond à une réelle utilité, surtout depuis que les progrès de la photographie ont élevé celle-ci à la hauteur de l'art, aussi bien dans l'illustration du livre que dans le journal.

A partir de ce moment, ce qui était resté le privilège exclusif de quelques praticiens est devenu d'une application journalière dans le domaine de l'industrie.

La photographie, transformée selon les besoins de l'illustration, a dès lors abandonné sa rigidité première pour s'assouplir, par son alliance avec l'art, aux nouvelles exigences que réclamait d'elle la double mission qu'elle était appelée à remplir.

Cessant d'être un travail purement mécanique, la photographie est devenue artistique. Sa perfection ne dépend plus que de l'expérience du praticien, de son goût et du sentiment exquis qu'il apporte dans la composition accessoire du dessin au milieu duquel doit se mouvoir son sujet.

De prisonnière qu'elle était autrefois dans les étroites limites où la retenait un travail purement matériel, elle est devenue, grâce à ses progrès, une œuvre personnelle dont le cachet artistique, dans bien des cas, ne saurait faire aucun doute.

Que de fois, en présence de ces illustrations, dépouillées de toute banalité, l'amateur en extase est demeuré perplexe et rêveur, admirant ces belles photocopies fascinant son regard et éveillant en lui l'ardent désir d'en pénétrer le secret!

Les résultats obtenus provenaient-ils d'une science et d'une pratique supérieure à la sienne?... Ce charme captivant son admiration était-il provoqué par une mise en scène dont on ignorait le point de départ?.... Telles étaient les questions qui l'obsédaient.

Comme tout finit à la longue par se découvrir, il arriva, un jour, que quelques épreuves maladroitement exécutées mirent sur la trace des moyens employés.

On a vu clairement qu'il ne s'agissait, dans ces résultats semi-artistiques, que de *trucs et ficelles* permettant d'employer les plus vulgaires clichés, même ceux avariés dans les fonds, et qu'on pouvait, par ce moyen, produire ces brillantes compositions qui charment l'œil.

On a reconnu qu'il n'était nul besoin, comme on le supposait, de ces fastidieux décors d'atelier, peints sur toile; moins encore de ces accessoires dispendieux meublant la terrasse du photographe et ne communiquant aux épreuves qu'une vulgarité de plus, sans y apporter le moindre effet artistique.

Ces fonds, du reste, ne se prêtent guère, par leur nature, à constituer au sujet un ensemble dans le cadre duquel le ou les personnages représentés puissent se mouvoir et se jouer à leur aise, dans le milieu qui leur est propre.

Ce sont ces procédés, c'est-à-dire ces *trucs et ficelles*, encore mystérieusement tenus secrets, que nous nous proposons d'enseigner dans ce petit volume.

Mais, nous demandera-t-on, que veulent dire ces mots : *Trucs et ficelles*, employés en pareille matière ?

Ces termes, dans la circonstance, sont synonymes de tours de main, et n'ont trait qu'à l'habileté déployée dans l'exécution d'un procédé particulier qu'il est utile de connaître.

Il suffira donc d'étudier ces trucs et ficelles et de savoir les appliquer à propos, pour produire ces pastiches de l'art devant lesquels l'amateur se désespérait : pastiches qu'il serait presque impossible d'obtenir sans recourir à ces moyens hybrides donnant à la photographie un cachet véritablement artistique.

Nous ajouterons, pour qu'il n'y ait point d'équivoque de la part de notre lecteur, que, sous la dénomination de *Trucs et ficelles*, nous n'entendons nullement nous occuper de ces fantaisies récréatives auxquelles s'est souvent prêtée la photographie, telles que : caricatures grotesques par extension ou dépression des pellicules, exagération de perspective, effets de glaces, substitutions de têtes, etc., ce sont là jeux anodins que divers auteurs se sont chargés de fort bien décrire, mais qui n'ont rien de commun avec l'art.

Nos trucs et ficelles ne sont que l'emploi bien approprié de tours de main indépendants, le plus souvent, des procédés photographiques ; mais qui, mis en usage avec discernement, viennent s'ajouter à l'effet et au rendu purement matériel et mécanique de l'objectif pour introduire, dans l'œuvre produite, un sentiment nouveau que l'épreuve ordinaire ne comporte généralement pas.

Les trucs et ficelles complètent et poétisent, en quelque sorte, le travail de l'objectif ; ils transportent les sujets dans leur milieu naturel, leur communiquant un sentiment personnel, donnant au tout une apparence de mouvement et de vie.

Ce n'est, à proprement parler, que le mariage intime de l'art avec la photographie, dans le but de produire une œuvre utile, élégante et agréable tout à la fois : aspiration vers laquelle doivent tendre tous les vrais amateurs.

C'est à la réalisation de ce problème que vont vous initier nos trucs et ficelles photographiques ; secrets qu'on ne saurait pénétrer soi-même sans s'exposer à une perte de temps inutile et à de nombreux insuccès.

Instruire en récréant, enseigner par l'exemple, en laissant de côté la froide technique des théories, nous a paru le plus sûr moyen de faciliter les essais et de faire des prosélytes; aussi avons-nous adopté ce mode de préférence à tout autre.

Afin de rendre nos explications claires et précises, nous avons divisé notre travail en six chapitres distincts, savoir :

1º Changements que l'on peut faire subir aux portraits pour les rendre gracieux et élégants ;

2º Comment se traitent et se truquent les scènes de genre à un ou plusieurs personnages ;

3º Manière de truquer les sujets de genre ;

4º Changements à apporter aux paysages;

5º Nu dans le paysage et moyen de l'obtenir ;

6º Toilette et nettoyage des clichés.

Notre but exposé, nous ne pouvons que dire maintenant : Essayez!.... Soyez persévérant! à votre tour, vous créerez des œuvres intéressantes.

RIS-PAQUOT.

QUELQUES MOTS SUR LE PORTRAIT
PHOTOGRAPHIQUE

Le portrait a toujours été la pierre d'achoppement contre laquelle sont venus tout d'abord se heurter les photographes amateurs.

Dès que ceux-ci se trouvent en possession d'un appareil, à peine savent-ils s'en servir qu'ils s'attaquent résolument au portrait.

Suivant en cela la loi commune, parents, amis, domestiques, tous passent tour à tour devant leur objectif, au petit bonheur..., ce sont là les premiers modèles.

Le sacramentel : *Ne bougeons plus !* prononcé, l'œil indiscret et incisif de l'objectif accomplissant son travail automatique, saisit et reproduit alors, avec sa brutalité habituelle, tout ce qui embrasse le champ de son regard. Il transforme de suite ces crédules et innocentes victimes en de véritables caricatures dont la vue, pour peu qu'on ait le sentiment artistique, ne tarde pas à calmer ce fougueux élan d'ardeur procréatrice, en présence des horreurs auxquelles ils viennent de donner le jour.

Quelle déception, grand Dieu!... Que le verre dépoli est menteur! s'écrie-t-on... Ah! dame! n'est point portraitiste qui veut! Où le professionnel échoue, bien téméraire serait l'amateur de se croire passé maître du premier coup.

Le portrait, sachez-le, est tout ce qu'il y a de plus difficile et de plus ingrat aussi bien en peinture qu'en photographie. Il est subordonné à une foule de règles dont on ne peut s'affranchir impunément, et dont l'écart, même le plus insignifiant, en apparence, entraîne avec lui la non-réussite.

Il ne suffit pas que le modèle possède toutes les qualités primordiales constituant la beauté, il est encore important qu'il sache poser ; qu'il ait la souplesse et l'élégance de manières voulue pour obtenir une belle épreuve.

Il faut, avant tout, savoir le poser et le mettre en valeur, en l'éclairant de manière à en faire ressortir tout l'attrait : lui communiquer l'expression personnelle constituant son véritable caractère : là est le point essentiel. C'est par un jeu de lumière savamment répartie qu'on parvient à l'idéaliser.

La pose, sans affectation, doit être naturelle, sans la moindre gêne et surtout sans raideur, ce qui arrive trop souvent hélas ! lorsqu'on se sent en présence de ce terrible inquisiteur qu'on nomme l'objectif.

Cette rigidité dont nous venons de parler s'accroît

d'autant plus qu'on s'efforce souvent de donner une tournure maniérée et guindée n'entrant nullement dans les habitudes et le tempérament de la personne qui pose.

Les actrices, les modèles de profession, sont à peu près les seules sachant, par un certain mouvement communiqué aux hanches, se cambrer d'une façon particulière, donnant au corps et aux attaches du col une suavité de contours et de lignes qu'il est souvent impossible d'exiger ou d'obtenir d'une autre personne.

Il faut également, et cela est de toute nécessité, que les modèles posant devant l'appareil photographique se pénètrent bien du rôle qu'ils ont à remplir, pour que les muscles du visage, en exerçant leurs fonctions naturelles, en rendent ce que l'on appelle *l'expression*.

Il n'y a, n'en doutez pas, que fort peu de différence entre le rire et la grimace, de même qu'il n'y a qu'une légère nuance entre la fermeté de caractère et l'entêtement ; c'est là un écueil qu'il faut à tout prix éviter.

Voir juste et reproduire de même, tout est là !

Ce n'est que par une conversation calculée et voulue, par le charme d'un récit intéressant le modèle qu'on parvient insensiblement à l'amener à l'expression désirée, jusqu'au moment décisif de déclancher l'obturateur.

La forme, la simplicité ou la richesse du costume sont aussi des facteurs importants avec lesquels on doit compter ; si, comme dit le proverbe : *L'habit ne fait pas le moine*, en photographie, du moins, on peut certifier qu'il le pare joliment.

Le vêtement, sa coupe élégante et dégagée, contribuent pour une bonne part à la beauté de l'épreuve.

Une belle tête, affublée de vêtements vulgaires, tout en donnant une superbe épreuve, au point de vue photographique, ne présentera jamais cet ensemble séduisant et enchanteur que donne une riche et somptueuse toilette.

Cette beauté, bien que réelle, ne modifiera en quoi que ce soit l'aspect et l'ensemble désagréable du vêtement et de la pose, quand bien même le fond et les accessoires seraient directement en harmonie avec le sujet traité.

Il est également un point important, trop souvent négligé, sur lequel nous devons attirer l'attention du portraitiste : c'est le cachet individuel et typique que présentent entre elles les diverses classes de la société. Il y a, entre les allures et les traits de chacune d'elles, une différence marquée qui fait que la servante, la paysanne, la soubrette, même revêtues de splendides vêtements, ne sauraient se faire passer pour grandes dames.

Il en est de même de l'homme des champs, de l'ouvrier, etc., qui n'ont ni les mêmes manières, ni le même type que le militaire, le magistrat, le bourgeois, etc. Chacun, suivant son genre de vie et son milieu, se crée des habitudes, des allures et des façons d'être toutes différentes les unes des autres :

c'est ce qui constitue ce qu'on appelle le *caractère
propre* du sujet.

Que dirait-on d'une pauvresse installée conforta-
blement au milieu d'un splendide salon ?... on sentira et elle le sentira elle-même, malgré toute la
beauté qu'elle puisse avoir, qu'elle ne se trouve là
ni à sa place, ni dans le milieu lui convenant.

Il en serait de même d'une grande dame, au costume élégant, se prélassant sur l'escabeau ou la
chaise dépaillée d'une misérable mansarde : il est
des milieux qu'on ne peut impunément franchir
quoique belle, à moins que la présence n'y soit mo-
tivée par la nécessité du sujet. En ce cas, elle forme
contraste et n'en rayonne qu'avec plus d'éclat.

Il importe donc que chacun soit représenté dans
son véritable milieu : que le modèle respire dans
l'atmosphère et parmi les objets familiers à son
existence, sous peine de commettre les plus cho-
quants contre-sens.

S'ensuit-il pour cela qu'une bonne épreuve, obtenue dans de telles conditions, car c'est précisément
là où nous voulons en venir, soit à jamais perdue et
qu'il faille la recommencer ? Non évidemment.

N'a-t-on pas à redouter d'autres insuccès plus
graves ?... telle est la question.

Le bon portrait, tenez-vous-le pour dit, est le *rara
avis* des photographes ; aussi lorsqu'un cliché est
satisfaisant comme éclairage, durée de pose, développement, modelé, bien qu'avec un costume ou une
pose défectueuse, il est préférable de s'en tenir à ce
cliché.

On peut, en recourant à nos trucs et ficelles, y re-médier au point de le rendre tout à fait supérieur, même à celui qu'on aurait obtenu en procédant à une autre pose.

C'est ce que nous allons démontrer dans le Chapitre suivant, en l'appuyant d'un exemple pratique.

II

TRANSPOSITION D'UNE TÊTE SUR UN AUTRE CORPS. — FOND UNI DÉGRADÉ. — PRÉLÈVEMENT D'UN PERSONNAGE D'UN GROUPE, QUAND BIEN MÊME IL N'Y AURAIT QUE LA TÊTE, POUR LE REPRODUIRE ISOLÉMENT EN BUSTE OU EN PIED. — SUBSTITUTION D'UNE COIFFURE A UNE AUTRE.

Rarement, nous venons de le dire, dans le chapitre précédent, le portraitiste amateur se trouve en présence d'un modèle assez souple pour en obtenir, de prime abord, une épreuve irréprochable dans tout son ensemble. S'ensuit-il pour cela qu'après bien des essais infructueux, il doit renoncer à sa passion favorite, et déclarer son impuissance à la personne qui consent volontiers à se prêter à la pratique de son art ? C'est ce que nous allons chercher à établir.

S'avouer vaincu, en pareille circonstance, ce serait de la grandeur d'âme ; mais rien n'est plus humi→

2

liant, disons-le, surtout lorsque la faute provient du modèle, de faire un tel aveu. La politesse de son côté s'oppose à le lui dire. Que faire alors?... Imiter le sculpteur qui, pour faire œuvre d'art, sait trouver dans plusieurs modèles ce qu'il ne peut parvenir à réunir en un seul.

N'est-il point forcé, lorsque les qualités primordiales de beauté qu'il recherche, pour parfaire son chef-d'œuvre, lui manquent, de s'adjoindre d'autres sujets venant, par leur perfection, en certains points, corriger ce qu'il y a de défectueux dans le premier, de façon à enrichir son travail de cette poésie artistique constituant le charme idéal de sa conception?

Eh bien! pourquoi le portraitiste photographe, poursuivant lui aussi son rêve, ne mettrait-il pas, comme le sculpteur, un second modèle à contribution?

Que lui importe, après tout, tel ou tel corps recevant une autre tête, si ce corps, par sa structure anatomique ou la richesse de son costume, répond au besoin de son sujet; s'il vient, par son mouvement, ses formes et ses proportions, s'adapter identiquement à l'expression de la tête dont le corps primitif manquait de souplesse et formait obstacle au but qu'il se proposait d'atteindre?

Cette substitution que nous qualifierons d'artistique, bien que le mot soit peut-être un peu hasardé, n'a rien d'humiliant pour l'art, puisqu'elle en constitue le principal attrait et ne vise qu'à la perfection.

Pourquoi le photographe, lui aussi, lorsqu'il rencontre une tête expressive, reposant malheureusement sur de frêles épaules, ou des bras trop chétifs, se rattachant à un corps étiolé, ne s'en affranchirait-il pas, lorsqu'il le peut, par l'adjonction d'un second modèle plus largement favorisé par la nature ?

Que de superbes corps sont, hélas ! surmontés de têtes insignifiantes, pour ne pas dire laides, dont il est cependant possible de tirer un parti avantageux ?

Concourir à la perfection de la photographie par de telles substitutions, n'est-ce pas en rehausser l'éclat en l'augmentant d'une nouvelle difficulté à vaincre ? celle de l'accouplement de deux sujets pour n'en former qu'un seul et unique.

La perfection, dit-on, n'est pas de ce monde, nous l'admettons sans contester ; mais puisqu'il est permis d'y arriver par des voies détournées il faut au moins l'essayer.

Pour entrer de suite dans le vif de notre sujet, et faire passer dans le domaine de la pratique les théories que nous venons d'émettre, indiquons tout d'abord comment, en présence d'un portrait vulgaire et banal, il faut s'y prendre pour arriver à en modifier du tout au tout l'aspect, sans en rien altérer de la ressemblance.

Dans la planche première que nous donnons ici comme exemple, nous nous trouvons en présence de ce qu'on appelle communément un bon portrait ordinaire, développé à point ; mais dont la pose et l'exécution de certains détails laissent à désirer :

La tête trop penchée est dépourvue d'expression, elle s'enfonce brusquement du col dans les épaules ;

le sujet en un mot manque d'élégance, de hardiesse et de fierté.

Il y a dans la mantille et les dentelles ornant le corsage une profusion, un fouillis, dont il est impossible de distinguer la forme et la nature.

La pose de la main et le raccourci du bras produisent un fâcheux effet : le corps par trop volumineux, affaissé sur lui-même, annihile complètement la taille ; ce portrait manque totalement de grâce et de distinction.

S'ensuit-il de là que ce soit un cliché perdu, qu'il faille à tout prix le recommencer ?... non! est-on même certain de le réussir aussi bien, en modifiant la pose ? Tout en la corrigeant ne se présentera-t-il pas d'autres irrégularités ? là est l'écueil.

En pareille circonstance, il est préférable de tourner la difficulté en recourant au truquage, supprimant radicalement ce corps malencontreux pour lui en substituer un autre plus en harmonie avec le visage reproduit.

Ce ne sera que du truquage dira-t-on : Soit ! mais alors un truquage intelligent, ne laissant rien apercevoir du tour de main dont on se sera servi pour cette transformation.

Que demande au surplus celui qui pose devant l'objectif?... Seulement un portrait présentable, peu lui importe le procédé employé... fût-il métamorphosé en Adonis qu'il ne s'en plaindrait pas, et s'y reconnaîtrait bien certainement tant est grande la vanité humaine !

A l'œuvre donc ! choisissez dans toute la série de

Fig. 1. — Cliché primitif.

vos clichés un corps dont la grosseur et la tournure
corresponde identiquement à celle du portrait à
modifier, puis tirez-en, sur papier, une épreuve en
dégradé, de manière à n'obtenir que le buste.

Une fois cette épreuve virée et séchée, il ne restera plus qu'à découper habilement ce corps pour

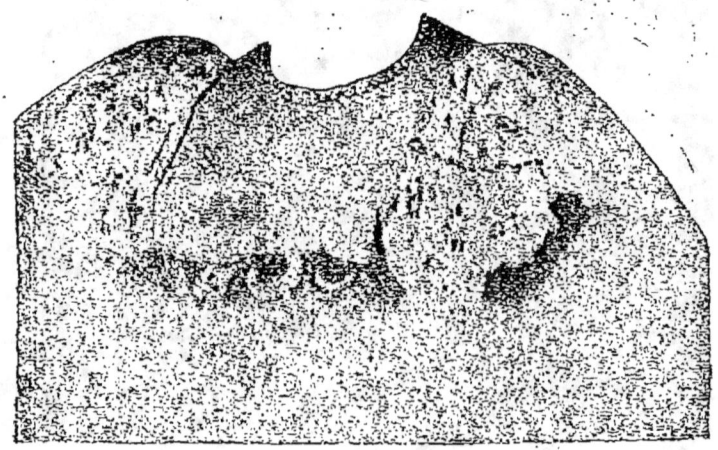

Fig 2.

en détacher la silhouette représentée fig. 2 ; c'est-
à-dire le corps appelé à remplacer le premier.

Ceci fait on mouille cette silhouette et on l'applique soit sur une glace, soit sur une plaque de
tôle vernie, tout comme s'il s'agissait de l'émailler,
puis, avant qu'elle ne soit entièrement sèche, on
dédouble le papier, en le roulant sur lui-même, de
façon à ce qu'il ne reste plus sur la tôle que l'épi-
derme sur lequel se trouve l'image. Une fois le tout
bien sec on enlève l'épreuve.

Procédant de même pour la tête provenant du cliché primitif, on établit une autre silhouette (fig. 3), dans les mêmes conditions que ci-dessus, de façon à ce que, privée d'épaisseur, elle vienne, une fois collée sur le fond, ne faire qu'un avec lui, sans laisser ni ligne blanche, ni épaisseur.

En rapprochant cette tête découpée et en la fai-

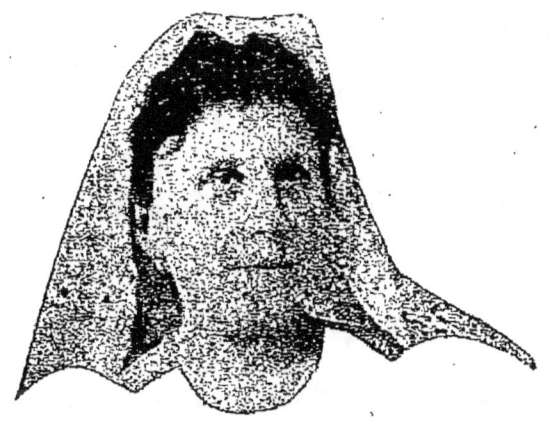

Fig. 3.

sant passer dessous le haut du corps, on cherche en l'élevant ou en l'abaissant alternativement à l'ajuster de façon à ce qu'elle prenne la position lui convenant le mieux. Il ne reste plus, une fois le point trouvé, qu'à l'incliner soit à droite, soit à gauche, pour en parfaire l'harmonie.

Rien jusque-là d'impossible à l'opérateur patient et adroit : le reste est encore d'une simplicité plus grande.

Pour ce qui concerne le portrait 9 × 12 dont nous

nous occupons ici, il nous semble qu'il gagnerait énormément s'il était reporté dans un format plus grand en 13 × 18 par exemple.

Supposons que l'on veuille ce que l'on appelle un fond dégradé, il suffira de placer une feuille de papier sensible, de ce format, dans un châssis-presse et de l'imprimer seule (sans aucun cliché ni image) à l'aide d'un dégradateur ordinaire, afin de n'obtenir uniquement qu'un simple fond.

C'est sur ce fond dégradé, une fois viré et fixé, puis collé sur carton, que s'appliqueront et s'ajusteront définitivement, à leur place respective, la tête et le corps qu'on vient de découper (fig. 2 et 3), en profitant de la ligne de démarcation qu'offre le collier pour faire la jonction de la tête à la poitrine.

Le tout en place et collé, on soumet cette épreuve, aussitôt sèche, à la pression d'un laminoir ou d'une presse à satiner : celle-ci se charge de faire disparaître toute épaisseur ou ligne de raccord, si le travail de la découpure a été bien exécuté.

Le cliché final s'établit d'après cette épreuve, ce n'est plus alors, pour terminer, qu'une affaire de reproduction.

Les épreuves provenant de ce dernier cliché, ainsi truqué, quoique ressemblant identiquement à la première, n'en offrent pas moins une supériorité incontestable sur celle-ci.

La tête ainsi redressée, le col entièrement dégagé des épaules par le prolongement de sa ligne d'attache, lui donnent un cachet de noblesse et de

Fig. 4. — Cliché truqué.

douce sérénité qu'elle était loin de présenter primitivement (fig. 4).

Le voile, rejeté en arrière des épaules, les dégage et en indique les contours. Le costume, devenu plus simple par son décolletage en carré, a gagné en harmonie avec le réseau de la mantille. C'est un portrait nouveau dérivant du premier, que seul le goût de l'artiste a su perfectionner sans en altérer en quoi que ce soit la ressemblance.

Cependant, comme les insuccès ne se présentent pas toujours de la même façon, il se peut que ce soit précisément le contraire qui arrive, et que le modèle ayant bougé la tête, le corps au contraire soit admirablement venu, comme pose, et comme détails : il n'y a alors qu'un second cliché à refaire, en ne s'occupant que de la tête : puis on procède comme il est dit ci-dessus.

Tête détachée d'un groupe.

C'est également à l'aide des mêmes trucs et ficelles que l'on parvient à détacher d'un groupe la tête d'une personne et à la reporter sur un autre corps pour la reproduire isolément sur un nouveau fond, comme si elle y avait été photographiée seule.

Substitution d'une coiffure.

En employant les mêmes moyens, on parvient aussi, avec beaucoup d'adresse, à remplacer une coiffure par une autre ; mais il faut, pour cela, que cette tête se prête à ce changement : qu'elle soit de même force ; que le genre de chevelure ne s'y oppose pas ; à moins d'être en état, par une habile retouche, de faire subir à l'épreuve-type cet accommodement nouveau.

Malgré tout cela, hâtons-nous de dire qu'il ne faut pas abuser du truquage ; qu'on ne doit y recourir, en tant que portrait, que poussé à la dernière extrémité.

Le truquage n'est, après tout, qu'un palliatif n'ayant jamais la valeur d'un bon cliché, exécuté de prime abord, d'après les procédés ordinaires.

III

UTILITÉ DES APPAREILS A MAIN. — TRUQUAGE DES SUJETS DE GENRE. — UTILISATION DES VIEUX CLICHÉS. — DIVERS EXEMPLES DE COMPOSITION.

Bien que le progrès soit quelquefois très lent à se manifester, une fois sa voie frayée, rien ne saurait ralentir sa marche ascendante : c'est ce qui est arrivé pour les appareils photographiques à main, dits instantanés.

Ce sera une gloire de plus, à l'acquit de la fin du XIXᵉ siècle, de les avoir répandus et vulgarisés dans toutes les classes de la société ; aussi les amateurs photographes sont-ils devenus légion.

La photographie, il faut bien en convenir, a obtenu maintenant, chez nous, ses lettres de naturalisation.

Est-il en effet plaisir plus noble, plus récréatif pour celui qui en a le loisir, que de saisir sur le vif, à l'aide de l'appareil instantané, toutes les phases intéressantes et imprévues que présentent au promeneur et au touriste les événements quotidiens de la vie au grand air ?

N'est-ce pas dans cette collection de clichés, formée pour ainsi dire au jour le jour, en se récréant, que l'amateur photographe se forme, pour la vieillesse, le livre contenant les souvenirs inoubliables de toute sa vie ?

N'éprouve-t-il pas, en pratiquant ce sport d'un nouveau genre, toutes les délicieuses émotions du chasseur en quête d'un gibier ? Car lui aussi, chasseur d'un autre genre, il est toujours à la recherche d'une piste.

Ne le voit-on pas, le nez au vent, l'œil attentif, guettant, furetant partout après la proie devant servir de but à son objectif ?... L'instantané c'est là son gibier ! Quelle stratégie, quelle ruse ne lui faut-il pas déployer pour s'en approcher, sans en être aperçu, sans éveiller sa défiance ? Que de précautions pour dérober aux regards l'arme devant saisir à son insu, dans ses poses et ses allures familières et naturelles, ce gibier qu'il convoite et poursuit ?

C'est, rentré au logis, après une journée bien remplie, qu'il trouvera, dans cette collection de clichés pris au hasard, les motifs qui, une fois truqués lui serviront de sujet à l'illustration du livre ou du journal auquel il collabore.

La photographie instantanée est devenue, pour lui, la grande pourvoyeuse de l'illustration.

Pour peu que le génie inventif et un talent d'artiste le secondent, que de ravissantes choses il produira.

Le truquage, dans ce genre de travail, en alliant les ressources du pinceau à la photographie, cesse alors d'être, comme dans l'exécution du portrait, un travail purement mécanique parce qu'il emprunte à l'art, dont il se fait le collaborateur, tout le charme et toute la poésie indispensables à l'éclosion de l'œuvre qu'il projette ; œuvre qui serait à tout jamais restée stérile sans cette collaboration.

Que faire en effet d'un modeste cliché représentant une jeune fille accoudée à un balcon, ou accrochant, à un des montants de sa fenêtre, le chiffon ou la paire de gants qu'elle vient de laver ?... Rien de bien poétique, dans ces circonstances familières de la vie intime, n'évoque matière à sujet de genre.

Cependant, chez l'amateur photographe doublé d'un artiste, le sentiment de la composition s'éveillant, il saura, de cette inutilité, dont personne autre que lui n'aurait pu tirer parti, faire surgir le motif d'une charmante composition.

Que faisait cette jeune fille à sa fenêtre ? nous l'avons dit : elle y accrochait un chiffon... C'est évidemment une scène un peu banale.

Eh bien ! lui, l'artiste illuminé de son art, en l'examinant attentivement, entrevoit déjà dans sa pensée la possibilité de réaliser un tableau agréable. Il trouve, dans la souplesse et les ondulations de ce corps, matière à une composition suave et délicieuse.

Secondé par le truquage et la poésie qu'il va répandre dans l'agencement du fond dont il saura l'entourer, ce portrait de jeune fille qui, il n'y a qu'un instant, n'était pour le commun des mortels qu'un cliché sans valeur, va se métamorphoser,

Fig. 5. — La Charmeuse d'oiseaux

entre ses mains, en un véritable petit tableau de genre, qu'il intitulera *La Charmeuse d'oiseaux* (fig. 5).

Devenue la providence des petits oiseaux, il entrevoit cette jeune fille entourée de tout un monde emplumé voltigeant autour d'elle dans d'amoureuses envolées, lui témoignant ainsi leur reconnaissance pour la manne abondante que leur distribue sa généreuse main.

Peut-être, son imagination féconde aperçoit-elle dans ce modeste cliché le moyen de transformer son héroïne en une inconsolable prisonnière confiant à l'hirondelle, messagère des amours, le doux billet destiné à réconforter un cœur souffrant pour elle en secret, et qu'accompagnera le doux baiser dans lequel s'envolera vers lui sa pensée.

Que sais-je ? il y a tant de façons d'interpréter un sujet demeuré jusque-là sans application, faute de savoir l'utiliser. Voilà le tribut qu'apporte l'art à la photographie par l'entremise du truquage, en y substituant un autre fond le transformant en idylle, pour peu que l'on sache manier le crayon ou le pinceau, ce qui n'est pas rare, puisque le dessin fait partie de l'enseignement moderne.

Combien de ces clichés, restés jusqu'ici inutilisés, faute de savoir leur trouver une application, vont devenir le point de départ d'une foule de petites scènes intimes dont on ignorait le secret de la mise en scène.

Pour en revenir à notre premier exemple, *La Charmeuse d'oiseaux*, voici comment il faut procéder :

On commence d'abord par tirer sur papier une épreuve du cliché choisi ; puis une fois qu'elle est virée et fixée, on en découpe le plus adroitement possible le personnage afin de l'isoler de tout ce qui l'entoure et devient inutile.

Ceci fait, après avoir dédoublé l'épreuve (voir page 18), on place cette dernière sur le carton destiné à lui servir de support. Une fois qu'elle y est bien en place, on en suit le plus légèrement possible tous les contours, avec un crayon, pour en déterminer simplement l'emplacement.

C'est sur ce fond même, sans se préoccuper de la place qu'occupera le sujet, que s'exécutera, soit à l'aquarelle, soit au lavis ou à l'encre de Chine, voire même au fusain, le motif de décoration destiné à lui servir d'encadrement.

Dans le sujet en question, ce sera une fenêtre rustique émergeant d'un vieux toit de chaume, que l'on peuplera d'oiseaux accourant dans toutes les directions.

Le dessin terminé recevra l'épreuve découpée qu'on y fixera à l'aide de colle.

Une fois sec, on le passera sous la presse à satiner pour obtenir un tout bien homogène et sans aucune saillie.

Cette épreuve se complétera ensuite par quelques retouches habiles masquant les raccords, distribuant çà et là les ombres portées, les brindilles placées en avant du sujet, et tout ce qui a mission de parachever le travail et de dissimuler le procédé employé. Une fois le tout à point, il ne restera plus qu'à procéder au tirage du cliché final comme s'il s'agissait de faire la reproduction d'une gravure.

Du soin, du savoir et de l'habileté déployés par l'artiste, dans l'exécution de son travail, dépendront

3

seulement, on le comprend, la beauté et l'originalité de l'œuvre.

Les modèles abondent dans tous les genres; il suffit de fureter dans le fouillis de plaques mises au rebut pour les y découvrir.

Que font dans ce tas de vieilles plaques inutilisées, ces groupes d'enfants dont la joie pure et innocente illumine le visage et reflète si bien l'espièglerie de leur jeune âge?...... et ceux-ci !..... et ceux-là ! etc.?

Quelle naïveté suave, quel abandon, quelle grâce naturelle dans ces groupes de jeunes filles folâtrant dans le riant enlacement de leurs premiers printemps?

Pour l'œil qui ne sait pas voir, il n'existe rien assurément dans tous ces clichés mis au rebut : pas de ciel, pas de premier plan, absence totale d'horizon, rien en un mot motivant une action et permettant d'en tirer parti.

Rien ?... détrompez-vous !... recueillez précieusement tous ces trésors, ils ont une valeur inestimable, malgré leur fond hétéroclite.

Les accessoires vulgaires les entourant, une fois éliminés et disparus devant les inépuisables ressources qu'offre le truquage, il n'y aura plus rien à reprocher à ces admirables petits clichés.

Ce qui leur manquait à tous, c'était l'azur du ciel, l'air, l'espace, le chatoiement des fleurs de la prairie : eh bien ! le truquage leur rendra tout cela, et plus encore la vie, en supprimant l'étroite prison dans laquelle les annihilent et les enserrent les fonds malencontreux qui les enveloppent et les étreignent.

Laissez courir à l'air libre jeunesse et folie ; c'est la lumière et la vie au grand air qui conviennent seules à ces fleurs fraîches écloses.

Au fond primitif, substituez-en un autre ; photographiez-le sur nature, au besoin, et parsemez-y ces fleurs animées dont les minois frais et roses émailleront les premiers plans et réveilleront les échos de leurs joyeux ébats.

La poésie ! Voilà l'âme du truquage ! Associez-la à vos œuvres, vous sauverez de la destruction une foule de riens charmants menacés de disparaître faute d'en connaître l'emploi.

Au risque de lasser le lecteur, et pour bien le pénétrer de l'utilité du truquage et de ses innombrables ressources, en vulgarisateur infatigable, nous poursuivons la série de nos exemples, espérant montrer, par leur diversité, le parti qu'on peut en tirer.

Dans un tout autre ordre d'idées et pour mettre en lumière la puissance du truquage, nous dirons que c'est seulement grâce à lui que l'amateur peut parvenir à obtenir le nu en plein air (1), à représenter des Eves, des Vénus, des bacchantes, dont la légèreté du costume, par trop sommaire, ne permet pas encore *proh pudor*, malgré la licence effrénée de nos mœurs, de faire poser en plein air et exposer aux sarcasmes d'un indiscret vulgaire, ou à la

---

(1) Voir le chapitre V décrivant le procédé employé pour ce genre d'épreuves.

venue intempestive du légendaire tricorne du garde champêtre ne comprenant rien à la photographie artistique !

Toutes ces nudités, aux contours séduisants et enchanteurs, lorsqu'elles ne peuvent se faire en plein air, faute d'un enclos fermé, s'élaborent dans le calme et la solitude de l'atelier, et se rapportent après coup sur des fonds photographiques pris sur nature et au milieu desquels le truquage parvient, par ses artifices, à les placer, leur donnant l'apparence d'épreuves obtenues directement sur nature.

Plus élastique encore qu'on ne le suppose, le truquage se prête à tous les genres, aussi bien aux groupes qu'aux sujets isolés.

S'il convient à la reproduction des scènes graves, disons, pour terminer, qu'il a aussi ses expansions de gaîté et peut également fournir matière à la composition de scènes comiques et tragiques; en voici un exemple :

Dans une de mes excursions, ayant eu l'occasion d'assister, en compagnie de quelques amis, à une violente querelle de ménage, se déroulant en pleine rue..., le fait n'est pas rare, à ce qu'on m'affirme..., il me vint à l'idée, ayant avec moi un appareil instantané, de risquer une plaque en faveur de cette scène intime..., je ne sais trop si cela en valait réellement la peine ? Enfin, je succombai à la tentation. L'épreuve fut assez bien réussie, ma foi !

Du mouvement, du geste, de l'expression, rien n'y manquait...Dieu sait pourquoi ?... Cela, du reste,

ne me regarde pas..., mais tout ce que je puis affirmer, c'est que mes deux modèles improvisés n'y
allaient pas de main morte et qu'ils remplissaient
merveilleusement leur rôle. J'étais donc content de
moi en tant qu'épreuve ; mais, la réflexion venue,
que faire d'un tel cliché ?... Comme bien d'autres,
il allait rejoindre et grossir la série des plaques inutiles, tout en regrettant ma prodigalité, jurant, mais
un peu tard, comme dit la fable, *qu'on ne m'y re-*
prendrait plus... et d'être à l'avenir, plus circons-
pect dans mon choix.

Bref, je n'y pensais plus depuis longtemps, lorsque l'autre jour, en écrivant ces lignes et en cher-
chant un exemple, ce cliché me revint en mémoire.
Bon ! me dis-je, après l'avoir examiné, autant ce-
lui-ci qu'un autre.

Une idée saugrenue, il faut l'avouer, me traversa
l'esprit... *Aménités entre voisins haut placés,* me dis-
je, voilà déjà le titre trouvé. J'examinai alors le
parti à tirer de ce farouche mari... car c'en était un
réellement, et dans ma pensée je lui confiai, à son
insu, le rôle de voisin ; la substitution n'avait rien
de blessant ; et me voici aussitôt à l'ouvrage.

La pose athlétique de mon personnage, les poings
fermés, s'apprêtant à administrer à sa volage et ré-
barbative moitié une de ces maîtresses corrections,
laissant longtemps après leur passage les traces des
bleus révélant la chaleur de l'action, se prêtait admirablement à l'agencement de mon sujet.

La femme, de son côté, dans une attitude provo-
cante, le corps rejeté en arrière, le poing sur la

Fig. 6. — Aménités entre voisins.

hanche, cherchait à esquiver les coups ; telle était la situation.

Ce pugilat conjugal, devenu « aménités entre voisins », m'allait à ravir ; mais je voulais cependant y ajouter un grain d'originalité et de gaîté.

Je voulus placer dans la main de mon héroïne et acariâtre mégère une arme redoutable, dont les coups ne laisseraient pas de se faire sentir. Je l'armai, à cet effet (fig. 6), d'un de ces vases antiques sur l'utilité desquels on me dispensera d'insister, et d'un geste superbe, plein de colère et d'ironie, je lui faisais lancer une suprême injure, à la face de son fougueux et bouillant voisin, dans le but de refroidir et calmer son humeur belliqueuse. Cette douche inattendue produisit-elle un effet salutaire ? je l'ignore, ne l'ayant pas vu se réaliser.

C'est, il faut l'avouer, tout ce qu'il me fut possible de tirer du sujet que je sauvai par la trivialité. La réalisation de cette idée, un peu réaliste en elle-même, prouve que l'imagination aidant, il est toujours possible, au moyen du truquage, de tirer parti de toutes les situations... de tous les clichés.

Nous ne pouvons, en terminant ce chapitre, nous empêcher de rappeler à nos lecteurs que le grand secret de la composition repose entièrement sur la simplicité et la sobriété des détails : Elaguez! Elaguez! il en restera toujours assez ; le travail y gagnera comme ampleur et comme beauté : rien ne nuit plus à l'effet que la confusion et la multiplicité des détails inutiles.

IV

QU'ENTEND-ON PAR PAYSAGE ? CE QU'IL DOIT ÊTRE.
— DE LA COMPOSITION. — DU CIEL. — CIELS FAC-
TICES. — DES PREMIERS PLANS, LEUR TRUQUAGE.
— SUBSTITUTION D'UN PREMIER PLAN A UN
AUTRE.

Avant de parler du truquage que l'on peut faire
subir aux paysages et d'expliquer les différentes
façons d'y procéder, il ne nous semble pas inutile de
dire quelques mots sur ce que l'on entend par *paysage* ; quelles sont les lois qui le régissent et les
qualités premières qu'il doit présenter pour devenir
véritablement artistique.

Bon nombre d'amateurs photographes, nous par-
lons ici des débutants, se figurent, en toute cons-
cience, comme ils l'ont fait pour le portrait, que
pour obtenir un paysage, il suffit tout simplement
de braquer l'objectif sur le premier site venu, et
une fois la mise au point scrupuleusement établie,
de déclancher l'obturateur.

C'est là une erreur que nous ne pouvons plus
longtemps laisser s'accréditer, dans leur intérêt personnel d'abord, puis dans l'intérêt même de l'art
auquel ils s'intéressent.

Ce que doit être le Paysage.

Le paysage photographique, pour être bien réussi,

présente de nombreuses difficultés : il est subordonné à une foule de lois qu'on ne peut enfreindre sans compromettre sa valeur.

Il faut que celui qui s'y destine possède, avant tout, le sentiment artistique.

Ce sentiment ne s'acquiert que par l'étude approfondie des maîtres anciens et modernes. On ne doit donc aborder le paysage que connaissant à fond ces lois et ces exemples.

On ne peut qualifier du nom de paysage, comme nous venons de le dire, toutes les productions de l'objectif s'affranchissant des principes fondamentaux de l'art de la composition, du sentiment poétique qui s'en dégage et des règles régissant la marche de la lumière dans laquelle se trouve enveloppée la nature. Là où ces principes sont méconnus, il ne saurait y avoir paysage dans la véritable acception du mot.

Les beaux paysages sont rares; loin d'être, comme on semble le supposer, un pur effet du hasard, ils ne sont, au contraire, que le résultat d'une étude constante dans laquelle le praticien a appris à observer, à penser et à voir, ce que beaucoup d'amateurs semblent ignorer.

Pour qu'il y ait réellement paysage, il est indispensable qu'il y ait motif, c'est-à-dire ordonnance, ensemble, harmonie, entre les différents plans, autrement ce n'est qu'une simple reproduction d'un sujet quelconque.

La nature est un livre grand ouvert à tout le monde, c'est dans cet immense poème et par l'étude de ses mystères, que l'amateur arrivera à acquérir les qualités maîtresses devant lui permettre de produire, à son tour, des œuvres d'art.

Pourquoi le photographe ne puiserait-il pas à cette source intarissable les éléments primordiaux de cette science qu'il doit posséder dès ses débuts ?

Ne croyez pas qu'il suffise au peintre d'avoir sur sa palette les couleurs nécessaires pour prendre ce qu'il voit dans la nature, à l'aide de tons et de demi-tons ; il ne le pourra jamais, s'il ne sait, par une étude préalable, y distinguer ces tons, en connaître la valeur et l'harmonie qui en sont le corollaire, avant de les appliquer sur la toile, s'il n'est enfin pénétré du rôle que joue cette lumière ambiante constituant ce qu'on appelle la perspective aérienne.

Il en est de même pour le photographe ; mais avec, en plus, les difficultés matérielles inhérentes au procédé, car il se trouve forcé faute de couleurs de remplacer ces dernières par la lumière, qui devient alors son indispensable facteur.

De la composition.

Nous pouvons affirmer que nul amateur ne peut être bon paysagiste, s'il ne possède à fond la science de la composition ; s'il ne s'est familiarisé, par des études préalables, aux effets que produit la lumière, et si, enfin, il ne sait distinguer, sur nature, sa valeur et sa force, l'heure et le moment propice où il doit la mettre à contribution pour obtenir l'effet qu'il en attend et qu'il recherche.

Le photographe, malgré tout le savoir qu'il lui

soit possible de déployer dans le choix de son motif, toute la perfection et la correction qu'il puisse
inculquer à son œuvre, fait forcément partie de ce
que l'on peut appeler l'*Ecole Réaliste*, par la raison
bien simple qu'il ne peut, suivant sa volonté, ni
concevoir ni créer une œuvre personnelle : son rôle
se bornant tout simplement à une imitation servile
de la nature, sans qu'il lui soit donné, à son gré,
de la modifier ou de la changer.

L'art de la composition, perdant alors pour lui sa
qualité maîtresse, ne consiste plus que dans le
choix d'un motif tout fait, dont l'objectif lui-même
est incapable de saisir la pensée et la poésie le
fécondant.

Pour le paysagiste photographe, le véritable but
de la composition réside simplement à rechercher
l'ensemble vrai et particulier que présente le paysage,
sous ses différents aspects, soit en éloignant ou en
rapprochant, en haussant ou baissant son appareil ;
soit en le plaçant plus à droite ou plus à gauche, de
manière à obtenir un ensemble agréable à l'œil, et
de le reproduire tel qu'il le voit, aussi bien dans
son aride pauvreté que dans sa luxuriante richesse
de végétation, suivant son caractère propre.

Dans cette interprétation il est important, et c'est
là que réside la science de composition, que l'opérateur fasse ressortir l'harmonie existant entre ses
diverses parties, son étendue et ses limites extrêmes,
tout en s'efforçant d'en dégager les grandes lignes
d'ensemble en constituant l'unité, base sur laquelle
repose toute composition.

Un second point aussi utile à étudier que la composition, consiste dans la répartition judicieuse de la lumière et ses innombrables effets, changeant de minute en minute, car elle est, à elle seule, nous venons de le dire, toute la palette du paysagiste photographe.

La beauté d'un paysage est donc subordonnée à la lumière et au jeu savamment interprété de ses tons relatifs et de son état photométrique.

Puisque, dans le paysage, le ciel joue le rôle le plus important, puisqu'il est le foyer direct d'où émane la lumière et que son concours est indispensable, l'amateur en étudiera consciencieusement tous les effets.

Sans ciel, point de paysage artistique, puisque c'est de lui que découle tout le charme de la composition.

Du Ciel.

Le photographe paysagiste devra donc, avant tout, se rendre compte des effets que produira son sujet aux différentes heures de la journée, et comparer ses divers aspects suivant la lumière, l'ombre et les ombres portées qu'il présentera, pour pouvoir, une fois son choix arrêté, le fixer sur la plaque, au moment précis où il aura acquis toute sa puissance de force et d'expression.

Dans le paysage, tous ceux qui se sont essayés dans ce genre le savent, le ciel vient toujours le moins bien ; on peut même ajouter qu'il ne vient presque jamais, par la raison fort simple qu'il

existe entre lui et le sujet une opposition de lumière
trop fortement tranchée, que l'unité de pose ne
pourrait vaincre qu'au détriment de l'un ou de
l'autre.

Qu'arrive-t-il alors? qu'en donnant le temps nécessaire au paysage pour qu'il vienne à point, avec
tous ses détails, le ciel trop lumineux devient, par
ce prolongement de pose, complètement blanc dans
toutes ses parties.

L'équilibre se trouvant alors rompu, il n'y a plus
unité et le motif, dans ces conditions, manque
d'harmonie. Il ne se trouve plus enveloppé de cette
lumière ambiante d'où il doit tirer toute sa profon-
deur et sa magnificence.

Dans ce cas, nous le répétons, le truquage devient
une incontestable ressource. Il permet de remédier
à ce défaut capital, en remplaçant cet immense pla-
card blanc par le véritable ciel sous lequel a été
obtenu le cliché.

En présence de l'impuissance matérielle inhé-
rente à l'objectif et à l'unité de pose que nous venons de signaler, faut-il pour cela abandonner tout
espoir d'améliorer son œuvre?... Faudra-t-il, soit
pour un manque de premier plan, soit pour une
malencontreuse branche empiétant sur le ciel, un
arbre dépourvu de grâce, un ciel trop blanc et toutes
autres causes secondaires qu'il serait trop long
d'énumérer, renoncer à jamais à l'espoir de tirer
parti du fruit d'un travail pour lequel on n'a épargné
ni fatigues ni peines, voire même un sacrifice pé-
cuniaire? Non évidemment ! Le truquage est tou-

jours là pour sauver la situation, remédier au mal.

La première question que l'amateur doit se poser en pareille circonstance est celle-ci : Ce cliché vaut-il la peine d'être truqué? Quelles sont les parties qui peuvent l'être?

A cela nous répondrons que les opérations du truquage doivent le plus généralement porter, à quelques exceptions près, sur le ciel et les premiers plans, les autres points se rattachant plus directement à la retouche du cliché proprement dit.

Des Ciels rapportés.

Au ciel tout à fait blanc, avons-nous dit, il faut en substituer un autre, celui même que l'on avait devant soi au moment où a été exécuté le cliché du paysage.

Rien de plus facile.

Sans changer de place la chambre noire, on prend un second cliché du ciel, ayant soin d'incliner un peu vers la terre l'arrière de la chambre noire, pour que l'objectif embrasse une plus grande étendue de ciel, et qu'au tirage final, les brindilles extrêmes des arbres ne viennent, en se doublant avec celles du premier cliché, faire obstacle à la pureté du dessin.

Examiné sur le verre dépoli, on n'aura plus par conséquent qu'un ciel entièrement nu, rien qu'un ciel et pas autre chose.

C'est ce cliché, une fois développé et fixé, qui, tiré au châssis-presse, donnera le ciel vrai du paysage.

Comme il occupera forcément toute la surface de

la plaque, on aura la précaution lorsqu'on exécutera son tirage au châssis-presse, de couvrir, avec un cache en papier noir, la partie comprise entre la ligne de terre et la ligne d'horizon, de façon à ce que l'espace existant entre ces deux lignes reste absolument blanc.

Pour éviter toute ligne de démarcation, ce cache devra se placer au-dessus du verre du châssis, le roulant légèrement vers le ciel, dans toute sa longueur, un peu au-dessus de la ligne d'horizon, ce qui formera un dégradé sur l'épreuve.

Lorsqu'on juge l'épreuve du ciel suffisamment venue à point, on la retire du châssis et on substitue au négatif du ciel le cliché représentant le paysage. On replace le papier sensible portant le ciel, puis on expose à nouveau à la lumière. Celle-ci accomplit sa tâche et imprime à son tour le paysage sur le ciel. Au sortir du châssis, on a devant les yeux un ensemble complet qu'il ne reste plus qu'à achever par les procédés ordinaires de virage et de fixage.

Comme il faut tout prévoir, si le ciel du cliché paysage ne possédait pas toute l'opacité voulue, il faudrait alors recourir au silhouettage à l'encre de Chine légèrement gommée, s'exécutant directement sur le dessus du verre et non sur la gélatine, ce qui permet plus facilement les corrections.

Ciels factices.

Il existe, objectera-t-on, des ciels tout faits qu'il est facile d'utiliser en pareil cas; pourquoi ne pas y recourir ?

Pour peu que l'on y réfléchisse, on avouera sans peine que l'emploi de ces ciels, loin d'améliorer le travail, ne fait au contraire, bien souvent, qu'en compromettre l'harmonie.

Ils ont contre eux l'inconvénient d'être toujours les mêmes, ce qui est illogique d'abord, puis de ne correspondre presque jamais à l'époque, à la région, à l'heure et à l'effet sous lequel a été pris le paysage. Il arrive même, et nous l'avons remarqué bien des fois, que ces ciels employés sans discernement portent leur éclairage à l'inverse du paysage, d'où il s'ensuit que les ombres et ombres portées se trouvent précisément du côté où vient la lumière, phénomène tout à fait contraire aux lois de la nature.

Il est donc préférable de renoncer à leur emploi pour recourir au truquage remédiant à tous ces inconvénients et rétablissant le tout dans son état normal.

Se trouve-t-on en présence d'un cliché devant, par la force de la lumière, donner un ciel blanc intense, il faut, sans hésiter, prendre, du même point, un second cliché de ce ciel.

Au moment de son développement, on ne prendra aucune attention à la venue du paysage, s'il y en a trace, car, dans ce cas, il devient un accessoire tout à fait inutile.

Muni de ce second cliché, le raccordement devient des plus faciles et s'exécute par un simple tirage au châssis-presse à l'aide d'un cache pour protéger la place qu'occupera le paysage.

On peut également, en recourant au procédé de

double transfert, comme on le fait pour le charbon, rapporter directement ce ciel sur le cliché; mais ce moyen, beaucoup plus délicat, exige une grande dextérité de main, aussi ne le conseillons-nous pas au débutant, préférant pour plus de simplicité le mode des deux tirages successifs de l'épreuve au châssis-presse.

Nous ne parlerons pas ici des ciels factices provenant du teintement dégradé du papier sensible, ni de ceux que l'on obtient par le noircissement du verre ordinaire à la fumée d'une lampe, ou par l'emploi de légers flocons de ouate placés entre deux verres : malgré tout l'effet qu'ils puissent produire, ces artifices ne possèdent aucune des qualités des véritables ciels pris sur nature.

Les premiers plans ; leur truquage.

En même temps qu'il permet la substitution d'un ciel, le truquage donne aussi la facilité à l'artiste de supprimer un premier plan défectueux, pour le remplacer par un autre, dont la disposition et la valeur sont mieux en rapport avec le sujet traité.

Tout dans la nature peut fournir matière à premier plan, pourvu qu'il y ait harmonie avec l'ensemble, à la condition toutefois qu'il soit plus vigoureux, plus fortement ombré et qu'il laisse glisser entre lui et le second plan un filet de lumière diffuse l'en séparant.

Une simple barque, une barrière, un buisson, une touffe de verdure, des roseaux, etc., sont les sujets les plus fréquemment employés à cet usage.

4

En voici des exemples :

S'agit-il de limiter d'un côté l'étendue d'une plage ?... Une jetée, un phare, une falaise, un bloc de rocher, deviendront de suite de précieux auxiliaires entre la barque échouée sur le sable et la mer lui servant de fond.

Une flaque d'eau, un étang, un lac, une rivière, ne diraient absolument rien s'ils n'avaient comme premier plan leur flore particulière ou une touffe de roseaux, etc.

Le buisson, la barrière, le tronc d'arbre, le pignon rustique, sont familiers aux paysages avec lointains et augmentent l'effet pittoresque. Le truquage seul permet toutes ces additions ou substitutions.

Il ne nous reste plus, pour clore ce chapitre, après tant d'exemples donnés, qu'à indiquer la manière de procéder pour exécuter ces différents modes de truquages.

Substitution d'un premier plan à un autre.

Où le travail devient le plus intéressant, c'est lorsqu'il s'agit de remplacer sur le cliché même un premier plan défectueux par un autre.

On y arrive assez facilement avec un peu d'adresse et de dextérité.

Les opérations à exécuter pour cela sont les suivantes :

1° Suppression du premier plan à remplacer ;

2° Préparation du cliché destiné à fournir le premier plan ;

3° Détachement de la pellicule ;

4° Application de ce premier plan à sa place défi-nitive.

Suppression du plan à remplacer.

Tirant une épreuve sur papier du cliché à truquer et une autre du premier plan qu'on se propose d'y substituer, on examinera attentivement le parti que l'on peut tirer des deux épreuves.

Si rien ne vient mettre entrave à vos projets, dé-coupez alors soit au canif, soit avec des ciseaux, la partie du motif destiné à fournir ce premier plan. Appliquez-le alors sur l'épreuve à l'endroit précis où il devra se trouver par la suite. Il faut assurer à cet assemblage une concordance parfaite pour qu'il reste le moins possible à retoucher.

L'emplacement une fois arrêté, appliquez cette découpure sur le cliché même, à la place exacte que vous désirez lui assigner ; tracez-en alors tous les contours sur la gélatine en l'incisant à fond jusqu'au verre. Ceci fait, mouillez légèrement au pinceau la partie à y enlever, puis dégagez-la, à l'aide du grat-toir, de la gélatine inutile. Celle-ci s'enlève parfaite-ment, laissant le verre à nu.

Préparation du cliché destiné à fournir le premier plan.

Prenant le cliché destiné à fournir le premier plan, on le plonge pendant 10 à 15 minutes environ dans un bain de formol à 10 pour cent d'eau. On le retire après ce laps de temps, pour le laisser se sécher sans le laver.

Une fois sec, on le recouvre d'une couche de collodion riciné composé de :

Alcool	100 cc.
Ether	70 —
Coton-poudre	3 gr.
Huile de ricin.	1 —

Cette couche étant sèche on procède à une seconde ; mais cette fois en se servant d'un vernis en caoutchouc au lieu de collodion.

Ce vernis se compose de :

Benzine cristallisable.	100 cc.
Rognures de caoutchouc naturel .	3 gr.

Cette dernière couche sèche, on replace la partie de premier plan découpé ayant déjà servi à marquer son emplacement sur le cliché-type et on en suit exactement tous les contours en les incisant également à fond. On obtient ainsi une pièce pelliculaire s'adaptant identiquement au lieu et place de celle qui est à remplacer sur le cliché-type.

Dans ce travail il ne faut pas, on le comprend, se contenter d'un à peu près ; une rigoureuse exactitude est absolument nécessaire.

Enlevage de la pellicule.

Le tout ainsi préparé, il ne s'agit plus que d'enlever du verre cette partie de pellicule appelée à prendre lieu et place du premier plan.

Pour ce faire, on plonge le cliché ainsi préparé pendant 10 à 15 minutes dans un bain d'eau et d'acide chlorhydrique.

Eau.. . . . . 100 cc.
Acide chlorhydrique. . . . . 6 gr.

Il se produit, au bout de quelques instants, un soulèvement général de la gélatine, permettant de dégager tout l'entourage inutile au transport de la pièce.

Une fois qu'il ne reste plus sur le verre que le premier plan à utiliser, pour boucher le trou fait au cliché primitif, on lave soigneusement à l'eau pure, pour éliminer toute trace d'acide, puis on applique dessus plusieurs fois la raclette, pour en chasser les bulles d'air, comme s'il s'agissait de faire un transfert.

L'adhérence étant parfaite, on passe entre le verre et la gélatine une lame de canif, et soulevant délicatement gélatine et papier contre le pouce, on tire tout doucement à soi, sans lâcher prise et sans secousse. La gélatine se trouve complètement enlevée du verre et n'a plus que la feuille de papier pour support. Il ne reste plus qu'à la fixer définitivement au lieu et place qu'elle doit occuper.

Application de ce premier plan à la place qu'il doit occuper.

Le morceau de gélatine ayant été pour ainsi dire découpé à l'emporte-pièce, et son passage au bain de formol empêchant toute déformation, il s'adapte parfaitement au trou béant du cliché primitif : il n'y a plus enfin, pour terminer, qu'à le fixer à cette place.

Pour plus de facilité dans le maniement, on dégage avec les ciseaux tout le papier inutile, puis ayant passé au pinceau sur le verre resté à nu, une couche d'eau légèrement gommée (à 3 pour cent), on pose ce cliché sur un pupitre à retoucher ou contre une fenêtre, et on y applique la pièce de gélatine devant en boucher le vide.

Le raccord une fois exécuté on passe la raclette sur le papier encore humide, la gélatine se fixe au verre et on enlève doucement le papier. Le premier plan ainsi rapporté se confond entièrement avec le cliché avec lequel il fait corps.

Dès que le tout est bien sec, on procède au travail des raccords : ce n'est plus alors qu'une simple affaire de retouche.

Ces détails, à simple lecture, peuvent paraître très compliqués, cependant ils exigent beaucoup moins de temps à pratiquer qu'il nous en a fallu pour les exposer.

Nous avons la ferme conviction qu'avec un peu de patience et d'adresse, on arrivera bien vite, en suivant ponctuellement nos instructions, à obtenir des épreuves réunissant tous les véritables principes de l'art : composition, ciel, éclairage et harmonie.

V

DU NU ET DU DRAPÉ DANS LE PAYSAGE. — INTRODUCTION D'UN OU PLUSIEURS PERSONNAGES DANS UN PAYSAGE.

L'étude du nu, en photographie, présente dans son exécution une foule de difficultés matérielles qu'il est malaisé de vaincre pour ceux qui ne possèdent pas une propriété entourée de murs, et assez vaste pour pouvoir y installer commodément ses modèles à l'abri des regards indiscrets.

Force est donc, si l'on veut se livrer à ce genre de travail, de recourir à l'atelier de pose et de faire le nu, non plus en plein air, mais intérieurement, sauf à le transporter ensuite, par un truquage bien compris, au milieu d'un paysage pris sur nature.

Une autre difficulté non moins grande est la pénurie des modèles, car bien peu de femmes ou jeunes filles consentent à se faire portraiturer dans le costume primitif de notre mère Ève, surtout en plein air (1).

(1) Dans la crainte d'éviter certaines susceptibilités, nous avons décidé de remplacer les photographies de nu d'après nature accompagnant le texte de M. Ris-Paquot par des exemples empruntés à la sculpture.

La première photogravure représente un groupe érigé dans le Square de l'avenue de l'Observatoire, à Paris. Par l'applica-

Il est, chez la femme un sentiment de pudeur l'empêchant d'enlever devant qui que ce soit le dernier voile abritant ses attraits et ses charmes, à moins que ce ne soit un modèle de profession rompu à toutes les exigences du métier.

Disons au surplus que l'académie, prise sur nature, est rarement belle en photographie, à moins qu'elle ne soit exécutée par un véritable artiste, sachant tirer parti de son modèle, car rien n'est plus difficile à poser que le nu, en admettant même qu'on se trouve en présence d'un modèle parfait sous tous les rapports.

Le nu dont nous allons vous entretenir sera donc, pour bien des amateurs, le nu drapé, celui qui peut se montrer à tous les yeux sans offusquer et effaroucher les sentiments innés de pudeur et de réserve des personnes qu'il désire associer à ses travaux.

Ce sera donc dans l'atelier que s'exécuteront ces études, n'ayant pour tous témoins que l'opérateur, le modèle et une personne amie, de préférence une femme, chargée de l'arrangement du vêtement, des

---

tion des moyens proposés par l'auteur, le groupe a pu être transporté dans le massif d'arbustes que montre la deuxième photographie, pour donner en définitive l'illusion d'un monument élevé à une échelle réduite dans la cour d'un immeuble parisien. C'est ce résultat que représente notre troisième gravure. Cette substitution d'illustrations, qu'imposait la diffusion de nos publications dans les familles et dans les établissements d'éducation, n'affaiblit en rien la portée de la démonstration entreprise par l'auteur; elle prouverait au contraire en faveur de l'élasticité du procédé et de la facilité avec laquelle il peut être adapté aux sujets les plus divers.   (*Note de l'Editeur.*)

Fig. 7. — Groupe érigé dans l'avenue de l'Observatoire.

plis des légères draperies, de l'épinglement et du plissement des étoffes diaphanes et transparentes, mousselines et gazes, ou des flanelles souples et moelleuses, des coiffures, etc., servant à l'accoutrement du sujet.

Rien dans ce genre de travail ne supporte la médiocrité et ne doit être livré au hasard.

Le photographe étudiera préalablement avec soin la pose qu'il désire donner à son modèle ; au besoin il disposera et drapera sur un mannequin le costume qu'il lui destine, le faufilera même si c'est nécessaire pour qu'au moment de l'opération, il n'y ait plus qu'à le placer sur le modèle vivant.

Ceci fait, il réglera les jeux de lumière dont il désire envelopper son œuvre, et par plusieurs répétitions successives, il s'efforcera de familiariser son sujet avec l'attitude et l'expression à prendre au moment de l'opération, ayant soin de lui indiquer clairement le sujet qu'il se propose de traiter.

Ce n'est certes pas en se jouant qu'on assume une semblable tâche, car dans ce genre il faut tout prévoir, s'occuper de la pose, de la pureté de la ligne, de l'expression, des draperies, etc. ; il ne s'agit point ici d'à peu près, mais d'une rigoureuse exactitude, sous peine de perdre inutilement un foule de plaques et de produits, tout en fatiguant et décourageant le modèle assez complaisant pour vouloir bien se prêter, de bonne grâce, à cette exécution assez pénible.

Ces épreuves étant destinées à être transportées, à un moment donné, au milieu d'un paysage ou d'un intérieur quelconque, seront faites sur un fond entièrement foncé, de façon à ce que le sujet s'en détache de toutes parts et en soit pour ainsi dire isolé.

Tous ces préparatifs terminés, le modèle revêtu du costume de circonstance, on lui fait prendre la pose voulue, le maintenant en place, si la pose est fatigante, à l'aide de l'appui-tête et de l'appui-reins. On dispose avec art tous les voiles et draperies, puis on procède à la mise au point. Celle-ci faite, on prévient le modèle et on déclanche l'obturateur.

Le développement du cliché négatif se fait comme à l'ordinaire et le sujet se révèle en noir sur un fond transparent qui deviendra complètement noir au tirage sur papier, permettant ainsi d'en suivre, et découper très exactement tous les contours.

L'amateur ne doit pas s'étonner s'il ne réussit pas du premier coup, car, pour de tels clichés, il y a toujours quelque chose à modifier, soit dans la pose, l'expression du sujet, soit dans la disposition des draperies, voire même dans l'éclairage ; enfin dans une foule de petits riens que l'opérateur soucieux de sa réputation ne saurait laisser passer s'il tient à la perfection de son travail.

Au lieu de se servir de plaques gélatinées ordinaires, il est préférable, selon nous, de leur substituer des pellicules libres, extra-minces, ce support évitant de recourir au décollement de la couche de gélatine lorsqu'il s'agit de son incorporation dans le cliché final. Elles se prêtent aussi plus facilement au silhouettage.

Supposons parfait dans tout son ensemble, le cliché pris sur nature ; on en tirera sur papier deux ou trois épreuves que l'on fixera et virera.

Une fois sèches, on découpera soigneusement ces épreuves avec des ciseaux de manière à détacher complètement du fond le sujet principal.

En possession de ces silhouettes on en collera d'abord une, la tête en bas, sur le verre dépoli de la chambre noire, à l'endroit juste où on se propose d'obtenir son sujet.

On procédera de la même manière avec la seconde, en la fixant simplement, cette fois, sur un verre ordinaire (sans aucune préparation), ayant soin que les deux épreuves (celle du verre dépoli et cette dernière) placées sur des plaques de même dimension, se superposent exactement l'une à l'autre ; c'est là un point très important pour l'exactitude du repérage. On établira également des points de repère dans les angles à l'aide de bandes de papier gommé.

Mise en place du sujet.

Ces dispositions étant prises, on entre dans le cabinet noir, éclairé seulement par la lumière rouge, et on introduit dans le châssis : 1° le verre transparent supportant la silhouette, celle-ci tournée vers soi ; 2° la plaque au gélatino-bromure.

La silhouette du verre transparent reposant alors directement sur la couche sensible sert simplement à préserver l'endroit qu'elle recouvre de l'influence de la lumière.

Fig. 8. — Emplacement réservé au groupe.

On referme le volet et le châssis se trouve chargé, prêt à recevoir l'épreuve qui lui est destinée.

On procède ensuite à la mise au point du paysage, en tenant compte de l'emplacement du ou des personnages qui sont collés sur le verre dépoli et qui se trouveront reproduits exactement au même endroit sur le cliché après son développement.

Le tout bien en place, on enlève le verre dépoli pour lui substituer le châssis chargé, on procède alors à la pose comme d'ordinaire.

On rentre dans le cabinet noir pour développer et fixer à l'hyposulfite de soude.

Le cliché obtenu ne diffère en rien des autres, si ce n'est que, vu à contre-jour, l'endroit où sont placés le ou les personnages se trouve complètement transparent, ce qui fait que si l'on en tirait une épreuve sur papier, les personnages se détacheraient entièrement en noir.

Là, se bornent les opérations nécessaires à l'obtention du cliché.

Tirage de l'épreuve sur papier.

Passons maintenant au tirage des épreuves sur papier.

Deux modes d'opérations se présentent : l'une directe, en complétant le cliché par l'adjonction de la silhouette pelliculaire découpée : l'autre indirecte, en recourant à des tirages successifs et combinés entre eux.

Cliché direct

Dans le premier cas, après avoir découpé soi-

Fig. 9. — Le groupe dans son nouveau cadre.

gneusement la silhouette pelliculaire dans toutes
ses sinuosités, on l'applique, à l'aide d'un peu d'eau
gommée sur le cliché paysage, de façon à ce que le
sujet vienne occuper la place transparente qui lui
est assignée.

On a alors un tout complet, se tirant directement
sur papier, comme on le ferait d'un cliché ordinaire.

Epreuve indirecte par double tirage.

Pour le procédé indirect, on accouple ensemble,
à l'aide de bandes gommées placées aux deux extré-
mités :

1° Le verre simple portant la silhouette du sujet;
2° Le cliché paysage.

Il résulte de cet accouplement que les parties
transparentes portant le paysage se trouvent recou-
vertes par ce cache et de la sorte protégées de toute
atteinte de la lumière.

On pose le tout au châssis-presse, le cliché recou-
vert d'une feuille de papier sensible et on expose à
la lumière diffuse.

L'épreuve qu'on en obtient est en tout point semblable à notre fig. 12, c'est-à-dire que les personnages s'y détachent en blanc.

On fixe et on vire comme à l'ordinaire, puis on
colle cette épreuve sur carton.

Il ne reste plus, pour terminer, qu'à coller en leur
lieu et place le sujet qu'on se propose d'y introduire, après l'avoir préalablement dédoublé comme
nous l'avons indiqué page 18, de manière à éviter
toute épaisseur.

C'est sur cette épreuve complétée que se font les retouches et additions qu'il est nécessaire d'y introduire.

Le cliché final n'est plus qu'une affaire de reproduction, tout comme s'il s'agissait de photographier une simple gravure.

Exemple : Le Départ pour la pêche.

Pour mieux faire comprendre la marche du procédé, nous terminerons ce chapitre en donnant, dans une suite de planches, la représentation des phases successives par lesquelles doivent passer les deux clichés concourant à l'obtention de l'épreuve définitive.

Le sujet sera intitulé : le Départ pour la Pêche ; la figure 14 le représente tel qu'il sera après complet achèvement.

Les deux clichés utilisés sont reproduits dans les figures 10 « Vue de la mer à marée montante », et 11 « Groupe de pêcheuses » — ce dernier négatif pris d'un peu près avec un appareil à main.

La figure 12 montre l'épreuve obtenue au tirage en interposant entre le cliché de la figure 10 et le papier sensible, le verre simple portant la silhouette des « Pêcheuses » (fig. 13).

L'emplacement des personnages est réservé en blanc ; on y rapporte les figures correspondantes, et après retouche et correction, on fait un négatif reproduction qui donne une épreuve homogène où ne doit demeurer apparente aucune trace de surcharge ou de raccord.

5

VI

NETTOYAGE ET TOILETTE DU CLICHÉ — ÉCLAIRCIS- SEMENT DES PARTIES TROP OPAQUES, LINGE, DENTELLES, NUAGES, ETC.

Parmi les amateurs, il en est un certain nombre qui se figurent que toutes les opérations relatives au cliché se trouvent entièrement terminées, lorsque, le développement et le fixage achevés, ils le retirent de l'eau après un séjour plus ou moins prolongé destiné à éliminer toute trace d'hyposulfite.

C'est encore là une erreur que nous devons chercher à combattre.

Le cliché, en sortant de l'eau, a encore besoin, avant de devenir propre aux tirages sur papier, de subir un nettoyage final le débarrassant de certains voiles ou empâtements nuisant à sa finesse et à son éclat.

Pour obtenir ce résultat, force est de recourir à un truc tout particulier, donnant au cliché une transparence et une finesse de détails qui, sans lui, resteraient à tout jamais perdus au grand détriment de l'épreuve.

Fig. 10. — Vue de la mer à marée montante.

Nous allons tout d'abord nous occuper de la toilette du portrait, puis nous passerons ensuite à celle du paysage.

Tous ceux qui se sont occupés du portrait savent, par expérience, qu'il n'y a rien de plus difficile à

Fig. 11. — Groupe de pêcheuses.

obtenir que les détails dans les vêtements blancs et les dentelles ; que les demi-teintes y font complètement défaut.

On n'a donc que des oppositions de noir et de blanc sur le cliché, les demi-teintes se trouvant absorbées par l'intensité du négatif.

Fig. 12. — Epreuve avec silhouette des personnages.

Quelle en est la cause ?... Elle est imputable avant tout à l'unité de pose, qu'on ne peut subdiviser ; puis à la trop grande somme de lumière que réflé-

Fig. 13. — Pêcheuses détachées du fond.

chit lui-même le vêtement dont il aurait fallu atténuer l'éclat, avant la pose, par des effets d'ombres

Fig. 14. — Epreuve définitive : Le départ pour la pêche.

et de demi-teintes mettant le tout en harmonie avec l'éclairage du sujet.

C'est à la toilette de ces clichés que le truquage vient encore offrir ses précieuses ressources ; ils vont recouvrer, grâce à lui, une partie de leurs qualités perdues.

Il n'est rien de plus disgracieux, en effet, dans un portrait que ces masses blanches transformant la plus belle robe en bloc enfariné, faute de demi-teintes. Les dentelles les plus légères ne sont plus que d'ignobles chiffons opaques ; la lettre, le journal, les faïences décorées, que des placards entièrement blancs, détruisant toute l'harmonie du sujet.

Eh bien ! la toilette du cliché redonnera à tous ces objets leur valeur juste, pour peu que l'opérateur veuille, en retour, y apporter un peu d'attention et d'adresse.

Les mêmes défauts se présentent également dans le paysage, sous des aspects différents bien entendu : ici, ce sont les lointains se noyant dans l'opacité du ciel, un clocher, des arbres y disparaissant également, le tout, au détriment de la perspective linéaire et aérienne.

Là, c'est une eau trop lourde ; la crête d'une vague qui, par suite d'empâtement, a perdu sa transparence et sa légèreté ensevelissant avec elle son clapotement et ses reflets : là encore des brindilles s'évanouissent dans l'opacité du ciel ; enfin tout ce que la nature présente de fin et délicat disparaît si vous ne recourez au truquage.

-Rendre à ces clichés leur valeur réelle, telle est sa mission.

Je crois utile cependant d'avertir que ce travail, d'une grande simplicité par lui-même, exige des soins minutieux ; on ne joue pas impunément avec les produits chimiques, car ils ont tous les défauts de leurs qualités.

C'est ici qu'on peut dire, avec juste raison, *hâte-toi lentement*, c'est le seul moyen de réussir...

Mais passons à l'exécution.

Avant de commencer, on disposera près de soi tout ce qui est nécessaire à ce travail, afin de ne pas le quitter un seul instant. Voici les objets dont on a besoin :

1° Deux cuvettes contenant de l'eau ordinaire ;

2° Du papier buvard ;

3° Un ou deux gros pinceaux à l'aquarelle ;

4° Une solution de persulfate d'ammoniaque à 3 0/0 d'eau ;

5° Une solution de bisulfite de soude à 10 0/0 d'eau.

Tout ceci étant prêt, sortir le cliché de l'eau et le laisser égoutter un instant.

Passer légèrement dessus une feuille de papier buvard pour qu'il n'y reste plus d'eau, puis, tenant le cliché d'une main, passer le pinceau sur les parties à affaiblir en les imprégnant de persulfate d'ammoniaque.

On renouvelle plusieurs fois cette opération, jusqu'à ce que les demi-teintes et les détails apparaissent.

Une fois le tout à point, passer de suite de la même façon une couche de bisulfite de soude et finalement laver soigneusement le cliché à grande eau.

Il faut surtout veiller, pendant l'affaiblissement du cliché, à ce que le liquide ne s'échappe pas sur les parties n'ayant aucun besoin d'être affaiblies, autrement elles subiraient également, à leur préjudice, l'action corrosive du liquide.

Si l'on dépassait les contours des parties à éclaircir, on devrait, de suite, laver le tout à grande eau, éponger de nouveau au papier buvard, puis recommencer l'opération.

Il est prudent de ne pas trop affaiblir du premier coup ; mieux vaut rester en deçà qu'aller au delà ; c'est une sage précaution dont on n'aura jamais à se repentir.

Si l'on opère sur des dentelles, sur une robe, on déversera le liquide par le bas du cliché, de façon à ce qu'il ne passe ni sur la figure, ni sur le fond. Pour cela on tient sa glace obliquement, penchée vers la cuvette contenant l'eau destinée au lavage.

Opère-t-on sur un paysage, c'est absolument la même chose : on passe d'abord le persulfate sur toute la ligne d'horizon pour faire apparaître les détails absorbés par le ciel.

L'écoulement du liquide se fait alors dans le sens et le prolongement de cette ligne.

Le tout une fois bien dégagé, on passe le bisulfite et on lave à grande eau.

Les vagues, l'eau dormante, la cime des arbres,

subissent successivement le même traitement; puis la toilette ainsi achevée, un dernier lavage termine le tout.

Nous ne saurions trop le répéter : ce travail est très facile comme exécution, mais il exige de grands soins et une attention soutenue.

Ce petit livre, écrit sans aucune prétention, n'a d'autre but que d'initier nos lecteurs à la pratique de trucs peu connus : aussi n'avons-nous pas craint d'insister sur certains détails, répétant certaines expressions précisant mieux, selon nous, nos indications, sans trop nous occuper de la correction du style.

Bien nous faire comprendre, nous a semblé préférable avant tout.

Il est à souhaiter que l'aridité de cette lecture, loin de ralentir le zèle de l'amateur, n'ait fait au contraire que le stimuler, en offrant à son ardeur de puissants moyens de parfaire son œuvre.

Nos trucs et ficelles, s'il y recourt, le dédommageront amplement de ses peines : sa réussite est notre seule ambition.

TABLE DES MATIÈRES

Les Photo-Charges

Dessins lithographiés, format 50-65, tirés en deux teintes et donnant à la reproduction l'illusion d'une photographie directe. Chacun de ces dessins représente un type dé-terminé, soldat, cuisinier, etc., *moins la tête*. On place dans l'échancrure réservée à cet effet la tête de la per-sonne dont on veut faire le *portrait-charge* et on photo-graphie le tout.

Six sujets au choix : **Hercule, Cuisinier, Soldat** (*Pitou*), **Propriétaire, Clown** (*Gugusse*), **Apothicaire.**

Chaque sujet	**2** francs — franco	2,25
Trois sujets au choix	**5** — —	5,50
La collection de six	**9,50** — —	10 »

En vente chez les Marchands d'Articles Photographiques

DIJON, IMPRIMERIE DARANTIERE